La petite ville

Remy de Gourmont

Édition et mise en page : Culturea (Hérault, 34)
Retrouvez notre catalogue sur http://culturea.fr/
Contact : infos@culturea.fr
Imprimé en Allemagne par Books on Demand Gmbh
Design typographique et layout : Derek Murphy et Reedsy
ISBN : 9791043100895
Date de parution : Mai 2024

Avant-propos

« La petite ville » est un recueil de textes écrits par Remy de Gourmont sur une ville où il a vécu mais qu'il « se refuse à nommer ».

L'édition originale a été publiée en 1913, aux éditions Mercure de France. Le livre est actuellement publié, remanié, aux Éditions Séquences, B.P. 114, 44402 Rezé cedex, sous le même titre.

Les premiers textes présentés ici sont ceux de « La petite ville », édition de 1995. D'autres textes datent d'éditions antérieures, ainsi que d'autres, encore, tirés de « Paysages », œuvre également écrite par Remy de Gourmont.

Certains détails historiques, notés « (*) », ont été tirés des études publiées par le Cercle de Généalogie et d'Histoire Locale.

LA PETITE VILLE

La petite ville est agréable à contempler. On la voit de partout et c'est toujours la même île de pierres accumulées émergeant d'une mer de verdure. D'entre les pierres, il surgit quelques rocs sveltes et dentelés ; ce sont les flèches de ses églises, jadis phares des âmes. De toutes ces pierres, à des heures, tombe la voix des cloches, l'air limpide se résout en musique, comme, l'hiver, l'air gris se fond en pluie. Les ondes se sont dispersées ; rassuré, le silence recommence sa promenade éternelle le long des rues mortes.

LA GARE

Je ne sais quel était autrefois le centre de la petite ville, le centre social, ni s'il y en avait un ; aujourd'hui, c'est la gare, bien qu'elle soit assez loin et que cela soit une corvée d'en remonter vers la haute ville. On y va en promenade, on s'y rencontre, les diverses classes s'y mêlent, c'est un endroit neutre et presque le seul lieu de divertissement. C'est par-là qu'arrivent les journaux et le peu de littérature dont la ville a besoin, et ni les feuilles ni les livres ne remontent dans l'ancienne petite cité. On va les chercher à la gare. La bibliothèque de la gare a tué les autres libraires. Il y en avait trois autrefois : une librairie générale, où on trouvait toutes les nouveautés, avec un fonds assez solide de classiques anciens et modernes ; une librairie pieuse où se débitait la littérature édifiante ou modérée ; enfin une bouquinerie, où je me souviens d'avoir acheté mes premiers livres curieux. Seule, la librairie pieuse subsiste, mais on y vend peut-être plus de chapelets et d'eucologes[1] que d'ouvrages académiques. La petite ville est dans une profonde décadence intellectuelle. On s'y intéresse de moins en moins aux questions stables et c'est la gare qui lui fournit la littérature passagère. Il y a d'autres causes à cette déchéance qui est générale dans les petites villes de province, mais je ne veux noter ici que les observations extérieures. Bien que la ville n'ait tous les jours aucun commerce apparent, la gare est assez animée. C'est le seul organe par où elle remue et manifeste quelque vie. Il est curieux qu'on ne rencontre presque personne dans ses rues et qu'on en rencontre beaucoup à la

1 L'eucologe est le livre des messes des dimanches et jours fériés (le missel étant celui des messes de chacun des jours de l'année)

gare. C’est que c’est un point de concentration : la petite ville ne retrouve que hors d’elle-même des motifs d’activité.

LE PETIT CHEMIN DE FER

Il dévale de la gare, passe entre les jambes du viaduc et s'en va en titubant du côté de la mer. Il ne va pas vite et il souffle beaucoup, quoique tout jeune. D'abord, il longe un vieux canal où il pousse maints roseaux et où fleurissent à foison les reines des prés. Autrefois, ce canal charriait les charbons de Hull et les sapins de Norvège vers la ville qui en était fière, mais on se lasse de tout. Cependant le petit chemin de fer divague maintenant parmi les campagnes et s'enfonce résolument à travers les avoines, les coquelicots et les pommes de terre. Voici les sables, voici la mer. Des gens descendent et gagnent la petite plage où les vagues déferlent aux sons du piano. Deux hommes se baignent, un enfant joue avec un chien, deux dames se promènent. « *Tout est loué,* me dit avec fierté la servante du petit café en bois découpé. *Dame ! Depuis que nous avons le chemin de fer* ! » Cependant le petit chemin de fer a eu le temps de faire un tour vers des régions plus lointaines. Il revient. On le voit traverser les dunes comme une grosse chenille noire, il s'arrête et nous repartons vers la vieille petite ville tassée sur son rocher autour de ses églises. On y est moins isolé, depuis que l'on sent la mer si près de soi, grâce au petit chemin de fer. La mer est une compagne qui ne vous lasse jamais, et quoique sa voix soit monotone, on y trouve une diversité singulière. Elle se plie si bien à la qualité de la rêverie, elle se fait si bien plaisante ou triste selon les mouvements de votre âme ! Malgré leurs chalets suisses, leurs casinos et leur musique ridicule, les hommes n'ont pu encore en détruire le charme. La mer est invincible. C'est pourquoi il faut bénir les petits et les grands chemins de fer qui nous permettent d'aller à elle directement, nous jeter, d’un bond, dans ses bras.

LA CATHÉDRALE

La cathédrale domine, écrase, dévore la petite ville nichée à ses pieds et qui semble en découler comme une source de pierre. Cet amas harmonieux de sculptures, de flèches, de dômes, de porches, n'a pas suffi à rassasier l'activité constructive des siècles qui précédèrent la Renaissance et dont le nom ici ne se comprend plus car ce fut une mort et non un renouveau : deux autres églises, encore vastes et belles s'élevèrent à ses côtés et plus loin dans les campagnes, au bord des rivières, à la lisière des landes, des abbayes surgissaient riches et fleuries, et l'on se demande comment purent être conçues et créées, en un temps assez bref, tant de prodigieuses architectures. Il y a une telle disproportion entre les ressources artistiques actuelles du pays et les anciennes réalisations ! Aujourd'hui, non seulement il ne pourrait achever ces merveilles, mais à peine pourrait-il en avoir l'idée et il serait même embarrassé pour les maintenir en bon état. Il faut que cela soit un gouvernement sans religion qui veille sur l'intégrité de ces monuments religieux. Abandonnés aux mains des fidèles, ils seraient depuis longtemps de belles ruines. La foi qui les construisit n'a plus assez de force pour les soutenir. Ceux-mêmes qui les admirent sont devenus incapables d'une admiration active et ceux qui y prient ne voudraient pas se priver d'un déjeuner pour contribuer à la réfection d'une seule de ces pierres sculptées. Ils sauraient pleurer, ils ne sauraient faire que cela. Dans le petit poème qui raconte la construction de la cathédrale de Chartres, on voit la population tout entière travailler matériellement au charroi et à la pose des matériaux. Elle est, et toutes les autres, le fruit de l'élan de tout le peuple qui voulait, qui savait vouloir. Les catholiques d'aujourd'hui ne sont même plus capables de nourrir leur clergé et de lui acheter des surplis.

LA PETITE BOUTIQUE

Je songe au Bernard-l'ermite qui s'est logé dans une coquille trop grosse et qui reste effaré d'avoir une si grosse maison. C'était, au temps de ma jeunesse, sinon de mon enfance, une vieille bonne femme qui tenait cette papeterie, et la papeterie n'avait que ceci de remarquable, qu'elle était une partie même de la cathédrale, qui porte en effet au soubassement d'une de ses flèches ces mots ironiquement inscrits : « Librairie–Papeterie ». La librairie consiste en un amas d'eucologes et de catéchismes et la papeterie n'est riche qu'en cahiers d'écoliers, en porte-plumes et en petites bouteilles d'encre et en pieux bibelots. Quand on est trois dans le magasin, les mouvements sont difficiles, mais à la réflexion on s'arme de patience : on est encadré dans les pierres sculptées de la cathédrale. C'est là que j'achète ce qu'il me faut pour écrire : la paradoxale papeterie m'a tenté. Il y a quelques années, quand l'administration des Beaux-Arts entreprit de grands travaux dans la cathédrale, on se disait : le règne de l'esthétique va commencer, ils feront sauter la papeterie, ils nettoieront ce coin-là, ils voudront le faire tout à fait pareil à l'autre. Les Beaux-Arts, en effet, l'ont essayé, mais ils se sont heurtés à une étrange découverte. La papeterie est chez elle. Elle est propriétaire du morceau de la cathédrale où sont logés la boutique et le grenier. Or, elle ne veut pas s'en aller dans les conditions ordinaires. Un morceau de cathédrale gothique n'est pas une maison comme toutes les autres maisons, c'est une curiosité, cela vaut cher et les Beaux-Arts ne sont pas assez riches. La petite boutique restera donc dans la grande et elle continuera de vendre les chapelets qu'on y égrène.

LE VENT

Comme c'est beau, le vent dans les grands arbres ! Il les plie à sa volonté avec une telle aisance, une telle domination ! On dirait qu'il va les briser ! Mais non, il se contente de les humilier, de leur faire sentir sa force en les obligeant à lui obéir et à se courber devant lui. Quand il a bien secoué les géants, il descend aux nains, aux humbles qui sont à peine des arbustes, qui se cachent derrière les murs, s'appuient à des tuteurs et, d'un grand geste, il balaie toute cette poussière, qui s'en moque d'ailleurs, tel le fameux roseau, et se redresse bientôt avec ironie. C'est par là que l'on voit le vent : par son effet sur le peuple végétal. On l'entend aussi, quand il passe dans les pins, on mesure son effort ou sa colère par la longueur de son gémissement ; dans les peupliers, il bruit ; dans les chênes, il mugit ; chaque sorte d'arbres fait entendre sous le vent une musique particulière, mais dans les maisons, il sanglote. Quand il pénètre dans la vieille maison de jadis, où fenêtres et portes ferment si mal, il lui prend des accents de désespoir, il devient lugubre. Mais il ne s'agite nulle part si véhémentement que contre la cathédrale aux longues flèches, si frêles et si tentantes pour une tempête. On ne le voit ni ne l'entend, il arrive de tous les côtés à la fois, enveloppe les passants de la place, les malmène, parfois les soude sur le pavé. Nos ancêtres, gens calmes et réfléchis, avaient entouré cette place de maisons qui barraient le chemin du vent. Les modernes, dévoyés par l'esthétique, ont renversé la barrière, et maintenant le vent est maître. C'est là qu'il se venge, en renversant les hommes, de n'avoir pu vaincre ni les arbres ni les pierres.

LE COLIMAÇON

Ce n'est pas un mollusque, c'est une sorte d'édifice en verdure, un labyrinthe de charmille qui s'élève dans un coin du jardin des plantes. On en voit parfois de tels dans les vieilles estampes. Celui-là, qui date du XVIIIe siècle, est fort beau. Les Anglais viennent le voir. Il figure dans les guides et sur les cartes postales. Ce n'est d'ailleurs qu'une des curiosités du jardin des plantes, célèbre dans le monde touriste. Il se glorifie aussi d'un cèdre gigantesque, d'un tas d'arbres de la plus belle venue, d'un Manneken-Piss à peine plus décent que celui de Bruxelles et d'un choix de palmiers, cédratiers, orangers avec leurs oranges, camélias en pleine terre et autres arbustes rares qui s'accommodent d'un climat extrêmement doux. Mais la verdure y vient si bien qu'elle est comme une prison pour les fleurs. C'est le paradis des arbres. Une branche plantée en terre y prend aussitôt racine et devient en quelques saisons arbre à son tour. Toutes les nuances du vert s'y rencontrent et brodent sur le ciel les plus belles tapisseries. J'écris près d'une fenêtre donnant sur cette tapisserie mouvante que le vent fait vaciller avec un bruit très doux de vagues. Comme ces constructions d'arbres sont émouvantes, mais aussi, comme elles sont accablantes ! Au temps de ma jeunesse on découvrait du haut du colimaçon, un horizon assez vaste et assez plaisant vers de proches collines pleines de moissons. Maintenant les arbres ont envahi tout le champ de la vision : on est un peu plus près de leur cime, voilà tout. Ils témoignent du moins de la fécondité de cette terre et rappellent les temps anciens, où tout ce pays n'était qu'une vaste forêt, à peine pénétrable. Et puis, vraiment, rien n'est plus beau. Ah !, que je plains les régions sans arbres.

MUSÉES

M. Uzanne[2] appelait l'autre jour les musées des « *écoles de simulation et de pastiche* », et cela m'a semblé bien près de la vérité, sinon la vérité même. Il n'est pas douteux que les musées, répandus maintenant partout, ont développé outre mesure cette manie de l'imitation, qui est presque tout le génie humain. Mais il est des musées innocents, ceux des petites villes. La petite ville a son musée. C'est, à l'entrée du jardin des plantes, une vieille maison du dix-huitième siècle, dont une moitié est pleine de mauvaise peinture et dont le reste abrite des plantes délicates. Du dehors, on ne sait où commence la peinture, car la façade est tapissée par une magnifique glycine qui mêle ses grappes violettes aux fleurs charnelles d'un rosier grimpant. Rien n'est plus charmant que ces roses qui pendent de toutes parts et s'effeuillent en pluie odorante, cependant que se gonfle de l'autre côté de la cour un énorme massif de camélias qui proclame la douceur un peu humide du climat. Avant que les roses ne soient ouvertes, les rouges camélias décorent à merveille la sombre verdure. Quelle opulente entrée de musée ! Il n'en est pas peut-être derrière laquelle on rêve un art plus délicat, plus intime, plus provincial, plus traditionnel, mais il en est bien peu qui mènent vers un tel néant ! Musée, pourquoi faire ? Est-ce que toute la ville n'est pas un musée vivant, avec ses églises aux pierres sculptées, ses vieilles rues désertes, ses vieux hôtels resserrés entre ses vieux jardins ? Un musée spécial, quelle dérision ! Comme une fausse notion de l'art a déformé les esprits ! Mais ce musée du moins a ce

---

2 Octave Uzanne était un ami de Remy de Gourmont, éditeur d'ouvrages de poésie

mérite de ne pousser ni à la copie, ni à l'imitation. Plus heureux que le Louvre, il ne contient aucun chevalet et on n'y a jamais vu deux fois le même visiteur. Il n'est coupable d'aucune fausse vocation. Il jette même un certain ridicule sur l'art et sur les artistes. Mais il enchante le promeneur solitaire. C'est un musée innocent.

LE LYCÉE

Il n'est pas douteux que, dans la plupart des petites villes de cette région, où d'ailleurs il n'y en a pas de grandes, l'Université ne soit en profonde décadence. Non pas que le corps des professeurs ait diminué de valeur, mais ce sont les élèves qui ont diminué en nombre. Ici, le lycée, où il y eut de mon temps, jusqu'à trois cents élèves internes, n'en compte plus guère qu'une soixantaine. Cependant, la population écolière est abondante dans la région. On n'émigre vers Paris qu'après les études faites. Les hommes sont moins nombreux, mais les enfants et les adolescents pullulent, les familles y étant toujours fort fécondes. Où donc toute cette jeune population fait-elle son éducation ? Dans les établissements ecclésiastiques qui, jadis assez dédaignés, ont retrouvé depuis quelques années une belle clientèle. Je n'en rechercherai pas les causes, je constate le fait, qui est patent ; l'enseignement de l'État subit en province une crise dont il se relèvera difficilement. C'est en vain que toutes sortes d'améliorations y ont été apportées. Sans les boursiers que l'administration envoie de tous côtés, le lycée serait presque vide ; le personnel est sans proportion avec la population scolaire, les bâtiments de l'internat s'y font de plus en plus déserts ; on dirait qu'une épidémie a passé par là. Ce n'est pas que les habitants soient devenus plus réactionnaires, plus cléricaux, mais il semble que les méthodes universitaires leur plaisent de moins en moins. S'il y a eu campagne contre l'Université, nulle part elle n'a mieux réussi. Pourtant, la petite ville est encore un centre d'études, mais surtout primaires et féminines. Il y a un lycée où on fait des cours pour les jeunes filles, mais ce gain compense assez mal la désertion du grand lycée, où l'on formait les hommes.

LE CIRQUE

AUSTRALIAN CIRCUS ! Et d'immenses affiches illustrées ont couvert les murs de la petite ville. Tous les ans, pendant les mois d'été, de pareilles troupes la visitent. C'est même à peu près le seul spectacle qu'elle connaisse, car son petit théâtre est fort délaissé et les tournées l'ignorent ; elle les bouderait d'ailleurs, la coutume défendant à la « société » de fréquenter ces bouis-bouis. Le cirque, au contraire, fait ce miracle de réunir tout le monde. Dès quatre heures, tous les enfants de la ville sont réunis sur la place et surveillent le montage de la salle de toile, jettent des regards curieux vers les voitures où grouillent les animaux, où les paillettes luisent comme des poissons dans un filet. Quelquefois, pour allumer la curiosité, le cirque fait par les rues étroites une promenade de parade. L'Australian Circus n'a pas suivi cet usage, confiant dans l'extravagance de ses affiches. Il a eu raison, car, dès huit heures, on se presse sur les banquettes de la vaste tente. C'est un cirque pareil à tous les cirques ambulants, d'une bonne tenue et d'une suffisante variété : aussi son succès est-il considérable. Je pense qu'il n'a d'australien que le nom ; son personnel est anglais, français et japonais. Ses acrobates japonais sont admirables et réalisent des prodiges d'équilibre dangereux. Je ne regrette pas d'avoir vu la petite japonaise, menue et gentille comme une poupée, qui grimpait si gaillardement à une échelle sans appui. Ces Japonais, sans lesquels il n'y a plus de fête de ce genre, sont d'une adresse admirable, mesurée et calme, prudente quoique très hardie. Ils résolvent moins des tours de force que des problèmes de mécanique. La municipalité fait d'autres prodiges, qui sont des prodiges d'économie, et c'est dans l'obscurité absolue d'une nuit sans lune qu'il nous faut regagner notre domicile, en butant sur les mauvais pavés. Mais les habitants ne murmurent pas. Ils sont heureux. Ils sortent de l'Australian Circus !

LES RUINES

La maison que j'habite ici a des parties du XVe siècle. Elle a un grand escalier de pierre, à voûtes et à pilastres de granit. Il y en a beaucoup d'autres dans la ville, qui a gardé aussi plusieurs ruelles et des tourelles de cette époque. C'est très inconfortable, mais cela a une allure assez belle dans le silence. On sent qu'aux siècles passés la vie y était assez semblable à ce qu'elle est maintenant, seulement plus ramassée encore, plus tassée sur elle-même. C'était une ville ecclésiastique. Moines et prêtres y abondaient et il est probable qu'une partie des maisons leur appartenait. Les prêtres y ont laissé la cathédrale et les deux églises dont j'ai parlé. Les moines ont disparu sans autres traces de leur domination qu'un aqueduc. Sise sur une hauteur, la ville fait venir son eau d'assez loin. Au temps jadis il y en avait grande pénurie, et un capucin érudit, ayant connu les merveilleux travaux d'eau des anciens Romains, engagea son couvent à imiter leur exemple. Cela fait qu'ils construisirent un aqueduc, dont on voit encore quelques travées enfoncées sous les lierres, dans le bas de la ville. Comme c'était une œuvre considérable, dès le dix-septième siècle, on l'attribuait aux Romains et c'est sans doute grâce à cette antiquité légendaire qu'on en a respecté les ruines. Ce n'est même que tout récemment que j'ai appris la véritable origine de cet aqueduc romain. Ses arcades sont d'ailleurs de forme ogivale et un peu de réflexion aurait dû nous renseigner plus vite. Mais la manie romaine sévit si durement dans le pays ! C'est au dix-septième siècle qu'elle commença à régner. On découvrit partout des camps de César. Il y en a un dans les environs, naturellement, et comme on y a découvert des hachettes de pierre, l'attribution a paru longtemps certaine. C'est une noblesse qu'il a fallu abandonner. César n'a point campé là et il n'a point construit un aqueduc pour une cité qui n'existait pas encore.

LE MARCHÉ

J'aurais encore bien des tableaux à esquisser pour indiquer seulement le plan de la petite ville en me bornant aux traits généraux : le marché est de ceux-là. C'est le seul jour où la moitié de ses rues présentent une véritable animation. Les paysans des environs l'ont envahie, venus les uns à pied, les autres par le chemin de fer, la plupart dans leur carriole, souvent conduite par une femme. Elles mènent fort mal, quoique avec beaucoup d'aplomb. D'ailleurs leurs chevaux sont dociles. Surveillant les menus produits de la ferme, elles tiennent à venir les vendre elles-mêmes et on les voit le long des rues, alignées avec le panier de beurre, d'œufs, l'éventaire de légumes, la cage à poules ou à lapins. Après les premières transactions, un bruit continu monte de cet amas de femmes et les exclamations patoises s'entrecroisent par-dessus la tête des acheteurs. Le dialecte bas-normand se parle là selon cinq ou six nuances différentes. L'expression « chez nous », par exemple, s'y prononce : « *cé nous'* », ' »*ci nous'* », « *ceux nous* », « *cheuz nous* », « *çu nous* », et peut-être encore d'autre façon. C'est une véritable carte linguistique en miniature, que la fréquentation des écoles n'a nullement entamée. La lecture des journaux n'a fait qu'introduire dans le parler d'étranges déformations. Si un paysan vous dit que tous ses "chênes sont juifs", entendez "gélifs", sorte de pourriture que l'on attribuait à la gelée. Je note cela pour obliger les linguistes, car le mot est d'usage récent. Le marché s'achève dans les cabarets et vers quatre heures tout le monde a disparu. Cependant on a bu force cafés, boisson plus nationale encore, dirait-on, que le cidre. À ce propos, voici encore une curieuse expression assez déroutante. La tasse de café s’appelle un « sou de café », et elle ne change pas de nom en s’adjoignant plus ou moins d’eau-de-vie. De là l’expression « *un sou de café de deux sous ; un sou de café de cinq sous* ». Après cette dernière mixture, la bonne femme et son cheval ont chance de finir la journée dans un des fossés de la route. Tel est le revers de ces fêtes, que les femmes en reviennent avec un goût de l’alcool, qui les fait semblables à des hommes, oui, trop semblables à des hommes ivres.

UNE VIEILLE ABBAYE

C'est un pays de landes et de marais, un pays pauvre et qui le fut encore plus avant qu'on n'eût trouvé le moyen de l'adapter à la culture. Jadis, il ne produisait guère que d'un côté des ajoncs et de l'autre des sables ; çà et là, de maigres pâturages mal défendus du vent et de la mer, de ce vent qui dessèche tout. Heureusement qu'il y pleut souvent, car c'est la seule ressource contre la dureté de son sol. Cependant au milieu de ce pays sans richesse et sans beauté, sur le bord d'une petite rivière qui trace comme un sillon étroit de fécondité, s'élève une des plus anciennes et des plus majestueuses abbayes de l'ancienne France. Elle date du XIe siècle et ressemble beaucoup, mais avec plus de sévérité, plus de pauvreté aussi à Saint-Germain-des-Prés, qui doit être de la même époque. Mais on y voit mieux qu'à la noble église de Paris toute la sécheresse orgueilleuse du style roman. Partout, c'est la pierre nue sans aucun décor, sans aucun enjolivement, même sculptural, une pierre grise, comme mouillée, qui donne une grande sensation d'accablement. C'est un immense sépulcre où les très rares ornements modernes font comme des taches de moisissures et, par conséquent, n'en gâtent pas l'ensemble. Il y a bien sur les murs les tableautins d'un chemin de croix issu de la rue Saint-Sulpice, mais il est comme dévoré par l'immensité des nefs. On a la sensation que ce sont des toiles d'araignées oubliées là. Il faut la voir ainsi, cette belle architecture romane, réduite à ses sévères lignes de pierre, pour se rendre compte combien elle surpasse le gothique par le génie de l'expression. Ce n'est que de la maçonnerie, mais qui parle plus haut que l'art le plus délicat. C'est barbare et c'est grand.

LE SAVANT DE PROVINCE

C'est un homme considérable dans sa petite ville et souvent un homme qui ferait bonne figure dans les milieux parisiens. Tout ce qui concerne sa province, ou du moins sa région, lui est familier, histoire, archéologie, biographie, généalogie. Il déchiffre les chartes anciennes, connaît les fastes de chaque famille et sait ce que raconte chaque pierre des vieux monuments. Il est précieux d'être son ami quand on séjourne ou seulement quand on passe dans le pays. Les choses lui parlent et il traduit leurs paroles en des discours passionnés. S'il est un peu partial, c'est qu'à force d'étudier les choses de son petit pays, il a été naturellement amené à leur attribuer une grande importance. Il connaît l'origine lointaine des institutions locales et des coutumes. Il sait à qui appartenait une seigneurie avant la guerre de Cent Ans et en quelles mains elle passa sous la domination anglaise. Ses recherches généalogiques ne sont pas du goût de tout le monde, parce qu'il dévoile avec sévérité les mystères de la transmission des propriétés et qu'il sait que telle fortune a eu des débuts frauduleux, que tel titre de noblesse est purement fantaisiste. Vivant à l'écart des partis, connaissant mieux le maniement des archives que celui des intrigues, il ne sollicite nulle faveur et n'en reçoit aucune. Sa maison, son jardin, ses livres et ses savantes recherches emplissent sa vie. Sa parole fait autorité dans la discussion historique et, quoique traditionaliste par instinct historique, il ne la mêle pas aux querelles locales, ce qui le fait un peu mépriser par les ambitieux. Il s'en console, car la science historique lui suffit, et les compétitions politiques ne le tentent pas. Il connaît trop les dessous de l'histoire pour être tenté de s'y mêler.

LES PETITS SUJETS

Voici cinq ou six articulets sur un petit sujet qui n'intéresse guère les Parisiens, sur une petite ville que je ne veux même pas nommer, mais si je devais m'en excuser, ce serait pour dire que je n'aime à écrire que sur ce qui frappe directement mes yeux. J'ajouterais aussi qu'il ne doit pas y avoir pour l'écrivain, ni non plus pour le lecteur habitué à sa manière, de petits sujets. Les choses au milieu desquelles on vit et auxquelles on participe, prennent aussitôt une importance qui les rendrait presque dignes de l'histoire. Je passerais une saison dans le désert que je décrirais les choses du désert, même si ces choses n'étaient rien du tout. J'aimerais à raconter le néant. Mais je ne puis me persuader, philosophiquement, que là où je vis, puisse régner le néant. Les choses sont ce qu'un esprit les considère. Elles ont de l'importance, puisqu'elles l'occupent présentement, à l'exclusion du reste du monde. Il n'y a que les imbéciles, et tout de même je ne me range pas parmi eux, qui croient que les grands sujets font la grande littérature ou la grande peinture. Qu'ils se détrompent. Il vaut mieux être le Chardin d'un chaudron que le raté d'une épopée. Un homme qui dit sincèrement ce qu'il voit, et seulement les choses qu'il voit, n'est jamais ridicule. C'est pourtant cette sincérité qui semble si facile et si engageante où il semble que nos contemporains répugnent le plus. Cela s'est toujours passé ainsi d'ailleurs, ce qui fait qu'à peine écrite, la littérature tombe en poussière. Il avait bien raison celui qui prenait pour devise : l'humble vérité. Je ne sais plus qui. Mais j'espère qu'il ne croyait pas à la vérité, mais à sa vérité. Dire sa vérité, humble ou orgueilleuse, il n'y a que cela de digne.

L'ARRIVÉE

Voici deux ans, à une saison guère plus tardive, que je m'amusais à décrire quelques aspects de la petite ville. Naturellement, elle n'a pas changé, car le temps est loin où les petites villes changeaient, maigrissaient ou grossissaient. Elles ne vieillissent même plus. Mais, comme ces vieux arbres desséchés qui se mettent à reverdir de-ci de-là, la petite ville a produit quelques maisons neuves qui s'accordent comme elles peuvent avec la tonalité générale. Ces excroissances végètent autour de la gare qui pompe le peu de vie qui coule encore dans ses veines. Mais cela est bien peu de chose dans l'ensemble. La petite ville continue, la petite ville se maintient vétuste et digne en ses atours démodés, qui emplissent le silence. Elle est silencieuse, au point de blesser les oreilles qui viennent de Paris et qu'un train rapide berça de son ronronnement tout un après-midi. Des sonneries de cloches y scandent les heures et les minutes y sont marquées par le cri des corneilles, ce cri auquel on a attaché je ne sais quelle sensation lugubre et qui n'est que doucement mélancolique. La petite ville serait un bon endroit pour vivre, si on savait encore goûter pleinement la monotonie des journées où tous les instants sont pareils, à peine différenciés par la qualité de la lumière. Il y a des matins, des midis et des soirs, mais il n'y a que cela. Ce sont des vases que l'âme doit remplir elle-même et dont elle-même crée la couleur et la limpidité et même, quand elle a soif, la saveur. L'écueil d'un tel séjour, c'est l'ennui ; mais j'arrive, j'en suis encore à la phase où l'ennui n'ose pas se montrer. S'il se montrait, je lui tiendrais tête. Je le connais, je sais comment il faut lui parler. Attendons.

L'HOMME D'ICI

L'homme d'ici est toujours un paysan, par quelque côté, même celui qui habite les villes, car il n'y a que de petites villes et qui ne tirent leur vie précaire que des campagnes. Ce qu'on dit de l'un est toujours à peu près valable pour l'autre. Il n'y a pas antagonisme, même quand il n'y a point parité absolue. C'est d'ailleurs un fait que la population diminue également dans les villages et dans les agglomérations plus importantes et c'en est un autre que le pays est assez uniformément prolifique. J'y vois des familles de cinq ou six enfants, ce qui est le cas de presque toutes celles que je connais. Mais deux causes les atteignent, l'émigration et les diverses maladies nées de l'alcoolisme. Ceux qui restent dans le pays déclinent, arrivés à l'âge d'homme, et disparaissent. La plupart, comme je l'ai dit, quittent le pays où le travail, trop bien organisé, ne leur permet pas de prendre leur place au soleil. On voit donc fondre les plus belles familles. En peu d'années, il n'en reste rien. Cela fait que l'agriculture passe par des moments assez durs, surtout à l'époque de la moisson. Comme elle accueillerait bien des travailleurs étrangers, s'ils pouvaient venir pour quelques mois et s'en aller la récolte faite ! L'hiver, on ne saurait à quoi les occuper et nul cultivateur ne pourrait assurer leur existence pendant la mauvaise saison, tant les gens sont devenus exigeants. On voit donc que ces questions sont des plus complexes, et il en est de même un peu partout ou à peu près. Ce ne sont pas les statistiques qui peuvent servir à les résoudre ni même à les comprendre. Et l'observation, qui permet de les comprendre, est encore impuissante à les résoudre. L'homme d'ici travaille frénétiquement, mais le moment viendra où le travail même sera débordé, où l'effort sera vain.

L'EXCURSION

Si bien que se sente Robinson dans le domaine qu'il a conquis sur la nature, le jour vient nécessairement où il a envie d'en sortir et de faire une excursion aux environs. Il façonne une barque de fortune et s'en va à la découverte. Dans le même état d'esprit, nous nous accommodâmes d'une voiture qui, de montées en descentes, nous amena à la mer qui est proche. Selon les saisons, la terre change d'aspect. Les champs ne sont pas les mêmes, chevelus ou tondus de leurs moissons. La campagne est jaunissante, qui était verte ; grenue qui était fleurie ; morte qui était vivante. La mer est toujours identique à elle- même, ou ne change qu'au gré des heures. Elle monte vers la plage ou elle se retire derrière les rochers qui pointent, îlots noirs. Soleil ou nuages en diversifient bien un peu l'aspect momentané, mais c'est la même attitude fondamentale : la mer est une grande horloge aux rouages merveilleusement réguliers. Il n'y a pas jusqu'à ses colères qui ne se produisent à jours fixes et dont l'amplitude ne soit marquée d'avance dans les almanachs. Elle n'en aura pas de notables d'ici l'équinoxe d'automne. Après avoir roulé ses vagues jusque vers les dunes, plus ou moins loin selon ce qu'en a décidé l'état de la lune, elle repart, revient, et toujours ainsi. Aux gens qui vont demeurer là jusqu'à la fin de l'été, elle sera en effet la vraie horloge de la vie, décidant des heures du repas et des heures du repos. Cette année les baigneurs, moins réguliers qu'elle-même, ne sont pas pressés. Les chalets et maisonnettes ne s'ouvrent pas, la plage est encore un désert. Mais la mer qui monte suffit à l'emplir. On perçoit son murmure, ses vagues grossissent, et nous repartons comme elle va atteindre son apogée d'un instant.

Deuxième partie

Les textes suivants
sont tirés de « PAYSAGES »

LES OISEAUX

On croit généralement que les oiseaux jouissent de l'infinie liberté de l'air, qu'ils font des voyages de plaisance au-dessus des nuages, qu'ils vont et qu'ils viennent selon leur fantaisie, et que leur fantaisie est sans limite. Rien n'est plus faux. Les oiseaux sont les plus casaniers des êtres et la licence qu'ils ont de voler partout est plutôt une charge qu'un agrément. Ils y sont contraints par la nécessité où ils sont de manger presque constamment ou de périr. Les oiseaux sont les esclaves étroits de leur estomac ou plutôt de leur gésier. Tous ceux qui ont des oiseaux privés savent quels soins nécessite l'alimentation de ces petites bêtes ailées. Il y a bien les oiseaux migrateurs, mais ils n'entreprennent pas pour leur plaisir ces vastes voyages, qui leur sont, au contraire, très pénibles et, arrivés à leur nouveau domicile, ils sont généralement encore plus casaniers que les autres. Toutes les bêtes ont un gîte qu'elles cherchent à rendre invisible ou inaccessible aux autres bêtes dont elles craignent d'être la proie. Les oiseaux, très mal armés pour la lutte, ne savent que se cacher. Nuit et jour, ils sont gibier pour d'autres oiseaux et pour quelques quadrupèdes. Ramenés à chaque instant vers la terre par la nécessité de manger, ils y sont mangés avec une facilité extraordinaire. Un seul chat suffit à dépeupler d'oiseaux un vaste jardin, car l'oiseau, malgré toutes les menaces, revient toujours à l'endroit où il a trouvé une fois quelques graines ou quelques vermisseaux. La nuit venue, avec leur manie de percher toujours au même endroit, de revenir même de très loin à leur branche favorite, ils se font dévorer par les chouettes. Finalement, on peut dire que ses ailes ne servent pas à grand-chose à l'oiseau et qu'elles ne servent à rien pour son plaisir. Elle les empêchent, et encore !, de mourir de faim, mais s'ils savaient courir, leurs pattes feraient le même office. Nous admirons l'aile de l'oiseau. Pour lui, c'est un pauvre appendice qui parfois le fait vivre et parfois le fait mourir.

LES COQUELICOTS

Depuis Paris jusqu'à la mer, au fond de la Normandie, le fleuve rouge des coquelicots vous accompagne. Il déborde çà et là et s'étend comme un lac sur les champs de blé. On se demande si les cultivateurs ne vont pas récolter autant de gerbes de coquelicots que de gerbes de blé. Au moins, ce sera très mêlé. En certains champs, c'est même le rouge qui domine et l'emporte sur l'or. C'est à croire que la fleurette a été semée intentionnellement avec le grain. Non, car je ne pense pas que le charmant mélange de la couleur des blés mûrissants et du coquelicot ait beaucoup de charme pour les paysans. Ils ne voient pas les choses comme nous, qui passons, et je crains que, pour eux, la fleur qui amuse notre œil ne soit que de la mauvaise herbe. Hélas !, dans la nature, presque tout ce qui est joli, éclatant ou doux, n'est que de la mauvaise herbe, et si rien n'est plus utile, rien n'est plus monotone et plus terne qu'un champ de betteraves. Nous n'avons guère de ces cultures du Midi ou de l'Orient aux belles couleurs et même, dans le Midi, les champs orgueilleux de garance ont disparu. Autrefois, la Normandie ne se fleurissait pas seulement des pavots, mais du lin bleu de ciel et du sarrasin tout blanc, cher aux abeilles. Le lin a presque disparu. C'est dommage pour l'œil, car c'était une fête que ces champs d'azur, et le sarrasin devient plus rare. Il reste en été le coquelicot, et au printemps le bleuet, plus timide et assez vite étouffé par la végétation des céréales. Aussi, je souhaite que la petite graine noire, qui ressemble à des grains de poudre, continue de se mêler follement au blé et à prospérer. Au fond, cela ne lui fait pas grand mal et c'est une parure.

RITES FUNÉRAIRES

Au retour, le hasard m'a fait découvrir, dans la banlieue d'une cité quasi-maritime, un extraordinaire cimetière. D'abord, en entrant, des deux côtés de la grande allée, ce ne sont que des tombes d'enfant ; on dirait que la population de ce faubourg ne meurt pas, mais qu'elle déverse là une progéniture innombrable. Ensuite, ces tombeaux minuscules sont ainsi ordonnés par les inconsolables parents : figurez-vous une sorte d'armoire en bois découpé dont trois panneaux sont vitrés, une vitrine économique dans laquelle sont entassées, sur des étagères en forme d'autel, des figurines en porcelaine peinte, représentant des enfants au berceau, des anges, des saints, des bonnes Vierges, des fleurs, une quantité de bibelots. Au milieu de tout cela pend à un fil de fer un angelot, partout le même, la cuisse ceinte d'un brassard rose, et qui sourit. Sur le devant de la vitrine, il y a généralement la photographie du gosse en grande toilette et, dans le fond, si c'était une fillette, sa poupée. La profusion des bibelots de tout genre est incroyable et quelques-uns sont inattendus, ainsi, par exemple, une boite oblongue à poudre dentifrice ! Les angelots suspendus dans l'armoire représentent certainement l'âme en route vers le ciel ; les bibelots recèlent des intentions pieuses, quoique énigmatiques, et leur profusion atteste probablement la générosité des parents. Au reste, la plupart de ces monuments sont dans un état de vétusté absolu et quelques-uns commencent à tomber en poussière, laissant éparses les petites figurines. L'âme sur le chemin du ciel est retombée sur la terre, où l'a laissée choir l'oubli. On dirait, en somme, le cimetière d'une tribu ayant quelques notions de céramique et de menuiserie.

LE CHAT ENDORMI

L'autre jour, en sortant de chez moi, je me suis arrêté, aussi longtemps que la décence le permettait, devant une femme et devant un chat endormi. C'est un tableau que je connais bien, mais jamais il ne m'avait requis comme ce soir-là. Le chat est gros, d'ample fourrure, et appartient à quelqu'une de nos variétés indigènes, il n'a rien de singulier. Il n'est ni japonais ni siamois. Sa beauté n'en est donc que plus simple et plus frappante, pour celui qui sait distinguer la beauté de la singularité. La femme est une de ces patientes ouvrières qui témoignent à la vitrine des petits tailleurs de l'habileté de la maison aux reprises invisibles. Le chat était presque couché sur son ouvrage, ses oreilles touchaient sa main, effleurées toutes les secondes par le passage de l'aiguille, et on sentait en ces deux êtres une si profonde confiance et un tel bonheur d'être, l'une à coudre près de son ami, l'autre à dormir près de son amie, que c'en était presque émouvant. Comme tout spectacle d'amour, car c'était de l'amour, évidemment, de cet amour qui prend tant de formes et qui ne se manifeste peut-être jamais plus purement qu'entre un être humain et un animal. La place n'est pas très favorable pour le chat. Elle est étroite et la table est dure. Elle est éclairée intensément et le chat n'aime pas la lumière vive. N'importe, il faut qu'il soit là, il n'est bien qu'à cet endroit inconfortable, il ne se plaît pas ailleurs. Dans ce coin, il sent la chaleur de son amie et perçoit sa respiration. Parfois il ouvre les yeux et sans faire un autre mouvement la regarde. Elle est là. Rassuré, il reprend son somme. C'est, parmi les mystères de la sympathie, un des plus curieux, que cette élection d'un être humain par un animal, qui en prend possession, qui le veut pour soi, qui le surveille, qui aime sa présence et rien que sa présence. Le chien en donne des exemples indiscrets, maladifs. Le chat porte son amour avec sérénité.

FIN